# La GRAN AVENTURA

**François Roussel**

 Picarona

—¿¡Qué haces ahí, chiquitina!? ¡Tendrías que estar cosechando polen y resulta que te encuentro durmiendo sobre una margarita!

—Pero... No estaba durmiendo, mamá... Yo... Yo... Es...
Es por culpa... Por culpa de...

—¿Por culpa de quién?

—Es por culpa de...
¡de una mantis religiosa!
¡Sí, eso es! ¡Una mantis religiosa!
¡Una **enorme** mantis religiosa!

—Cuéntame.

—Yo estaba...
Yo estaba recogiendo
bolitas de polen,
como tú me habías dicho,
cuando, de pronto,
¡una **enorme** mantis religiosa
ha aparecido delante de mí
con sus **enormes** patas!

—¡Ha intentado atraparme,
pero he saltado y he rebotado
sobre un **enorme** escarabajo
con un **enorme** cuerno!

—Luego, he rebotado sobre un **enorme** sapo, ¡que ha querido atraparme con su **enorme** lengua! Entonces, me he caído al estanque...

—Donde me he topado
icon un **enorme** pez
que tenía unos **enormes** dientes
afilados! ¡También ha intentado
comerme…!

—¡Entonces he salido del agua
y he rebotado sobre
una **enorme** piedra,

sobre una **enorme** rata
y sobre un enorme erizo
con **enormes** púas!

—Y finalmente he aterrizado aquí...
Donde me has encontrado
desmayada... Desmayada, mamá,
¡no dormida!

—¿Ah, sí?

—¿Y tú sabes lo que me ha pasado a mí?

—No, mamá...

—¡Que acabo de escuchar una **enorme** mentira!

—¡No estoy nada contenta! ¡Pensaba que podía confiar en ti! ¡Sabes que quiero que me cuentes la verdad en lugar de inventarte todas esas historias!

—¿Ah, sí? ¿Lo prefieres...?

—Bueno, pues sí, ¡estaba durmiendo! ¡Es que estas margaritas son tan blanditas, mamá!

—¡Son tan dulces!
¡Y huelen tan bien!
Sería una pena no disfrutarlas, ¿no?

–Pero... Vosotras dos,
¿¡qué hacéis ahí!?